Analyse de l'œuvre

Par Cécile Dupuy

Trois

Valérie Perrin

lePetitLittéraire.fr

Analyse de l'œuvre

Par Cécile Dupuy

Trois

Valérie Perrin

lePetitLittéraire.fr

Rendez-vous sur
lepetitlitteraire.fr
et découvrez :

Plus de 1200 analyses
Claires et synthétiques
Téléchargeables en 30 secondes
À imprimer chez soi

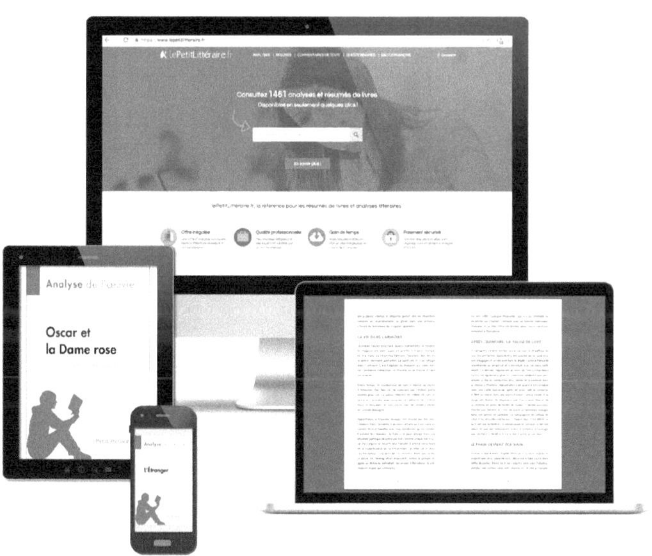

TROIS

L'HISTOIRE D'UN TRIO INDESTRUCTIBLE

- **Genre :** roman
- **Édition de référence :** *Trois*, Paris, Albin Michel, 2021. 664 p.
- **1ʳᵉ édition :** mars 2021
- **Thématiques :** Amitié, jeunesse, adolescence, succès littéraire, maladie, transgenre, refuge, remords, emprise, années 1990.

Trois est le roman d'une amitié, celle qui unit Nina, Adrien et Etienne dès leur entrée en CM2 et jusqu'à leurs débuts dans la vie adulte. L'action prend place entre 1986 et 2018. Cette amitié indestructible va cependant subir les aléas de l'évolution de chaque personnage, jusqu'à ce qu'ils se retrouvent et repartent chacun du bon pied dans leurs vies respectives. Il s'agit du troisième roman de Valérie Perrin, auteure à succès depuis 2015, notamment en Italie où son précédent opus s'est vendu à un demi-million d'exemplaires. Pour ce seul pays, le premier tirage de *Trois* a été de 230 000 exemplaires, contre 100 000 en France. Le magazine *Lire* l'a classé dans le top 100 des livres de l'année 2021.

VALÉRIE PERRIN

ÉCRIVAIN FRANÇAIS

- **Née le 19 janvier 1967 à Remiremont**
- **Quelques-unes de ses œuvres :**
  - *Les oubliés du dimanche* (2015), roman
  - *Changer l'eau des fleurs* (2018), roman

Valérie Perrin a été photographe de plateau et scénariste avant de devenir romancière. Compagne du réalisateur Claude Lelouch depuis 2007, elle a également coécrit avec lui quelques scénarios : *Les plus belles années, Chacun sa vie, Un + une* et *Salaud, on t'aime*. Son premier roman, *Les oubliés du dimanche*, publié en 2015 chez Albin Michel, a été traduit dans une dizaine de pays et a reçu 13 prix littéraires : lauréat du Premier Roman de Chambéry 2016, le Grand Prix national Lions de littérature 2016, le prix Chronos 2016, le prix des Zonta Clubs de France 2017, le prix U Culture 2018, le prix Choix des libraires 2018, entre autres. Son second roman, *Changer l'eau des fleurs*, publié chez le même éditeur en 2018, a obtenu le Prix de la maison de la Presse et le Prix des lecteurs du Livre de Poche en 2018, ainsi que le Prix des lecteurs corréziens 2019. Ce second roman s'est vendu à plus de 800 000 exemplaires et a été traduit dans une trentaine de pays, dont la Chine, les États-Unis et la Russie. Valérie Perrin a été l'auteure la plus vendue en Italie en 2020. Elle travaille à l'adaptation cinématographique de son roman *Changer l'eau des fleurs*.

RÉSUMÉ

Trois est l'histoire d'une amitié : celle qui nait à la rentrée 1986, alors que Nina Beau, Etienne Baulieu et Adrien Bobin entrent tous trois en CM2, dans la petite ville de La Comelle. Ils se retrouvent dans la même classe, celle du terrible et si redouté monsieur Py, et vont passer huit ans ensemble, sans se lâcher d'une semelle, jusqu'au bac.

Pendant huit ans, ils ont tout partagé : leurs gouts musicaux, leurs lectures, leurs devoirs, leurs petites et grandes histoires, leurs rêves, les fous rires, les étés à la piscine municipale, les premières règles de Nina, tout. Soudés comme les doigts de la main, ils n'ont pas passé une journée sans se voir, sauf quand Etienne a séjourné à Saint-Raphaël, où ses parents louent une maison chaque année à partir du 15 juillet. Dormant chez l'un ou chez l'autre régulièrement, leurs parents – le grand-père pour Nina – ont fini par considérer les deux autres comme faisant partie de la famille.

À l'orée du baccalauréat, les trois amis sont fermement décidés à partir ensemble à Paris pour poursuivre leurs études. Nina vient cependant de rencontrer un véritable prince charmant, Emmanuel, qui n'entend pas la laisser s'envoler si facilément. Quant à Etienne, il a décidé de rompre avec Clotilde, seule jeune fille avec laquelle il soit sorti longtemps. Il ignore encore que celle-ci veut le retenir dans ses filets en lui faisant un chantage à la paternité.

Mais après la fête qui couronne leur réussite commune au baccalauréat, un drame survient : le grand-père de Nina, avec lequel elle vit seule depuis toujours, meurt renversé par un camion. Cet évènement, et ceux qui suivent de près, marque leur sortie définitive du monde de l'enfance et de l'insouciance.

Nina, anéantie par la mort brutale de son grand-père, se réfugie dans les bras d'Emmanuel, qui ne tarde pas à la garder sous son emprise. Au même moment, Etienne passe une dernière soirée avec Clotilde, qui lui apprend qu'elle est enceinte de lui. Il est consterné et se soule pour fuir l'horrible réalité. Il s'endort quelques minutes, et quand il se réveille, il voit une voiture s'enfoncer dans le lac. Clotilde, quant à elle, a disparu, ce qui fera la Une des journaux dès le lendemain. Clotilde était-elle dans la voiture ? Cette question ne cessera de hanter Etienne, qui va devenir lieutenant de police. Il n'en parle pourtant à personne, sauf à Adrien, qui dès lors le soupçonne de meurtre.

Quelques mois plus tard, Nina se marie avec Emmanuel : c'est pour elle le début d'une pénible descente aux enfers, dont elle ne parviendra à s'extirper qu'avec l'aide de la directrice du refuge pour animaux abandonnés. Nina boit tous les jours pour supporter l'intense possessivité de son mari, qui l'a mise dans une belle cage dorée, mais fermée à triples tours. Elle ne peut même pas compter sur ses amis de toujours, Etienne et Adrien, pour la soutenir : une série de malentendus et de lâchetés les éloigne les uns des autres.

Adrien, à Paris, entame une brillante carrière littéraire : il a écrit un livre qui défraie la chronique et devient un bestseller. Il y raconte, sous pseudonyme, le secret qui le rend si étrange aux yeux des autres. Adrien se sent une fille, depuis toujours, et narre son histoire avec ses deux amis dans les moindres détails. Ils ne se sont jamais doutés de rien et vont continuer à ignorer la vérité pendant plusieurs années. L'auteur célèbre écrit aussi quelques pièces de théâtre qui, à leur tour, remportent un franc succès. L'une d'elles est même nominée cinq fois aux Molières. Désormais riche et courtisé par le Tout-Paris, le jeune homme cultive les apparences et coupe les ponts avec ses amis d'enfance, sauf avec Louise, la sœur d'Etienne et son amante secrète depuis déjà bien longtemps. Il la retrouve chaque année le 24 décembre pour une nuit à l'Hôtel des voyageurs, dans la petite ville où il a grandi.

Etienne aussi revient à La Comelle chaque année à Noël. Mais ni lui ni ses parents ne voient plus Nina, qui n'en est pourtant jamais partie. Après s'être cachée pendant deux ans pour échapper aux ardentes recherches de son mari, Nina a pu retrouver une vie normale quand celui-ci est mort dans un accident de voiture. Elle a repris les rênes du refuge pour animaux abandonnés, précisément là où elle aussi avait trouvé refuge, avec l'aide de l'ancienne directrice. Solitaire, Nina mène une rude existence, mais s'en contente.

Sa solitude s'ensoleille en 2017, quand elle rencontre Romain, le directeur du nouveau collège. L'attirance est réciproque et une relation amoureuse ne tarde pas à se mettre en place. Cette même année, Nina accepte de discuter de nouveau avec Adrien, devenu Virginie et revenu lui aussi à La Comelle depuis quelque temps. Nina savait bien qu'il·elle travaillait au journal local et avait abandonné les paillettes parisiennes, mais, trop blessée par son indifférence dans un moment où elle avait eu cruellement besoin de lui, elle avait feint de ne pas savoir qu'il était là.

Adrien/Virginie est soulagé·e de reprendre contact avec Nina, même si leurs rapports sont encore froids. Il·elle s'intéresse de près à son ancienne amie, et apprend ainsi que son nouveau compagnon, Romain, a trempé dans une affaire de détournement de mineur... Virginie ne révèle pas cette information, pas plus qu'il·elle ne contacte Etienne quand la voiture contenant un squelette, engloutie 20 ans plus tôt, est sortie du lac à la faveur d'un réaménagement urbain.

Etienne, rongé par la disparition de Clotilde, a développé un cancer et refuse de se faire soigner. Il vient pour passer quelques jours à La Comelle lorsque Noël approche, comme chaque année. Avec sa famille, sa femme Marie-Castille et son fils Valentin, il donne le change. Mais à sa sœur, Louise, il révèle qu'il a décidé de partir mourir quelque part : il n'est pas question pour lui que ses proches assistent à sa déchéance. Valentin est cependant au courant de l'état de son père – après avoir aperçu un SMS révélateur – et entreprend d'aller rencontrer Nina, dont il sait qu'elle a été très proche de son père.

Valentin, bel adolescent qui ressemble trait pour trait à son père au même âge, parvient à faire inviter Nina chez les Baulieu et à amorcer un rapprochement entre les deux vieux amis. Un concours de circonstances les rapproche également de Virginie/Adrien. À nouveau réunis, les Trois – du nom du groupe de rock qu'ils avaient fondé au collège – retrouvent leur solidarité et leur amitié : Nina et Virginie/Adrien accompagneront Etienne dans son dernier voyage.

Ils partent donc ensemble en Italie, car Etienne veut passer ses derniers jours au bord de la mer et au soleil. Leur complicité retrouvée leur permet de nouvelles confidences, et Nina peut ainsi lever les soupçons qui pesaient sur Romain : ce dernier a été victime d'une machination. Durant leur périple, ils apprennent aussi le fin mot de l'histoire concernant Clotilde, suite à l'enquête menée par la gendarmerie. Un jeune chauffard l'avait renversée alors qu'elle rentrait chez elle, après sa soirée au lac avec Etienne. C'est lui qui l'avait ensuite placée dans la voiture et fait couler celle-ci dans le lac. Etienne est enfin libéré de l'horrible doute qui le rongeait : il n'est pour rien dans cette tragique disparition. Cette révélation et l'amitié retrouvée avec ses comparses lui donnent un nouvel espoir. Il intègre alors une clinique pour se faire soigner de son cancer. De son côté, Virginie/Adrien accepte d'entamer sa transformation physique – sur l'insistance de Louise – afin de devenir complètement et extérieurement ce qu'elle a toujours été au fond d'elle. Quant à Nina, elle est promise à des jours heureux auprès de Romain, dont elle attend un enfant.

ÉTUDE DES PERSONNAGES

NINA BEAU

Nina a grandi auprès de son grand-père. Sa mère l'a en effet abandonnée chez lui alors qu'elle n'avait que deux mois. Elle n'apprendra l'identité de son père qu'à la fin du roman : il s'agit d'un jeune Kabyle que sa famille a emmené vivre en Algérie sitôt après avoir appris qu'il allait fonder une famille avec une jeune Française. Nina n'a pas de contacts avec sa mère : celle-ci a mené une vie mouvementée, dissolue, et ne s'est jamais intéressée à sa fille. Elle ne lui a légué qu'une liberté d'esprit sans pareille, une certaine joie de vivre, et un corps gracile. De son père, Nina a hérité ses yeux noir de jais et en amande, ainsi qu'une belle chevelure brune. Nina est par ailleurs asthmatique.

Très douée en dessin, Nina est une artiste dans l'âme. Elle a une prédilection pour le fusain, qu'elle utilise pour réaliser des dizaines de portraits de ses deux proches amis, Adrien et Etienne. Elle aime aussi chanter et s'en donne à cœur joie dans le groupe de rock qu'ils ont fondé ensemble. Elle rêve de faire une carrière artistique à Paris, mais elle ne quittera finalement jamais La Comelle, petite ville de Saône-et-Loire où elle a grandi.

Mis à part la mort de son grand-père, alors qu'elle n'a que 17 ans, le plus grand drame de la vie de Nina est son mariage. Emmanuel Dammane semblait incarner le parfait prince charmant, mais il se révèle finalement un dangereux psychopathe, un pervers narcissique. Il ne laisse aucune latitude à Nina, sape toutes ses tentatives d'autonomie, la surveille constamment, l'empêche de poursuivre son amitié avec Etienne et Adrien, la chosifie. Il l'oblige à prendre un traitement hormonal pour avoir un enfant avec elle, alors qu'elle ne le désire pas. Nina boit chaque jour de l'alcool pour supporter sa vie dans sa prison dorée. Elle devient méconnaissable. Incapable de se rebeller contre la possessivité et l'autoritarisme de son mari, elle sombre dans la dépression. Ce désastreux mariage dure quatre longues années, au terme desquelles la jeune femme trouve refuge dans l'association qui recueille les animaux abandonnés de sa bourgade. Elle s'y cache pendant deux ans, jusqu'à ce que son mari décède dans un accident de voiture. Sa liberté retrouvée, elle prend les rênes de la structure qui lui a sauvé la vie.

Extrêmement proche d'Etienne et Adrien jusqu'à ses 18 ans, Nina vit mal l'éloignement géographique puis affectif qui les sépare peu à peu. Elle est comme amputée d'une partie d'elle-même quand ils ne sont pas là. C'est une des raisons pour lesquelles elle ne parvient pas à affronter Emmanuel Dammane et à retrouver sa dignité. Elle s'enferme en elle-même et ses tentatives de rapprochement avec eux se soldent par des échecs. Heureusement, deux autres adjuvants vont venir à sa rescousse : Lili, la directrice du refuge, dans un premier temps ; puis Romain, le directeur du nouveau collège. Grâce à eux, elle reprend confiance en elle, ce qui lui permet de renouer, progressivement et prudemment, avec ceux qui demeurent – malgré les aléas – ses deux meilleurs amis. À la fin du roman, elle est enceinte de Romain.

ETIENNE BEAULIEU

Etienne est très beau, c'est l'une de ses caractéristiques majeures. Blond, très grand, musclé dès l'adolescence, il fait chavirer le cœur de toutes les filles – sauf Nina – et impose le respect aux garçons. Ses yeux bleus et son visage d'éphèbe, son port altier et son allure dynamique suscitent l'admiration de tous.

Médiocre dans le domaine scolaire parce qu'il ne se donne pas la peine de faire des efforts, Etienne ne parvient jusqu'au bac que grâce à ses deux amis, Nina et Adrien, qui le laissent copier sur eux. Toutefois, il se montre capable de réussir ses études supérieures sans eux, et même d'être dans les meilleurs au concours de lieutenant de police. Il est donc juste fainéant durant sa scolarité, mais ses capacités intellectuelles sont avérées. En tant que policier enquêteur, Etienne se montre très performant. Il aime les filatures, les perquisitions et les interrogatoires. Il est d'ailleurs particulièrement doué pour « tirer les vers du nez » aux suspects.

La blessure secrète d'Etienne vient de son père, qui semble ne pas l'aimer, ne pas s'intéresser à lui. Son grand frère, brillant, capte toute l'attention paternelle. Par compensation, sa mère Marie-Laure prend toujours sa défense et est aux petits soins pour lui. Durant son en-fance et son adolescence, Etienne est bien plus proche de ses deux amis que de son frère et de sa sœur, Louise. Avec l'âge mûr, il se rapproche cependant de cette dernière.

Bien souvent, Etienne se montre arrogant et peu amène, même envers Nina et Adrien. Il les rabroue, se moque d'eux, leur fait des réflexions désagréables. Mais il se montre aussi loyal, fidèle et serviable. Il a développé un fort instinct de protection envers Nina, ce qui le pousse par exemple à rendre visite à Emmanuel Dammane pour lui faire croire que Nina a fondé une famille loin de lui : ce stratagème, imaginé de concert avec Adrien, est destiné à mettre fin à l'obsession de Dammane pour celle qui veut le fuir à tout prix. Il peut pourtant se montrer rancunier : il mettra ainsi plusieurs mois à pardonner à Nina de lui avoir fait faux bond pour le réveillon du jour de l'an.

Marié à Marie-Castille qui est commissaire (et donc sa supérieure) et qu'il a rencontrée le 11 septembre 2001, Etienne est aussi père d'un garçon qu'il adore : Valentin, né en 2003. Celui-ci est ce qui rattache son père à la vie. En effet, Etienne a été dévasté par la disparition de Clotilde, sa petite amie lors de l'année de Terminale. Il ne l'aimait pas, mais sa dernière soirée avec elle lui a laissé le gout amer du remords. Il la croyait enceinte (elle avait en réalité fait une fausse couche, mais avait pris soin de le dissimuler) et, après s'être assoupi, a vu une voiture disparaitre dans le lac, avec une silhouette à l'intérieur. Pendant plus de 20 ans, jusqu'à ce que la vérité éclate, cette histoire va le hanter : Clotilde s'est-elle suicidée à cause de lui ? A-t-il fait quelque chose de criminel ?

Son cancer du pancréas, brutal et foudroyant, lui semble être la résultante de ce secret qui le ronge. C'est aussi pour cela qu'Etienne refuse de se faire soigner : s'il est vrai qu'il ne peut accepter de voir ses proches assister à sa déchéance, il y a aussi une sorte d'expiation dans sa mort annoncée. On peut aussi supposer que l'éloignement de ses deux amis lui ait rendu la vie moins précieuse. En effet, après les avoir retrouvés pour un ultime périple, il décide finalement de céder aux supplications de sa sœur (médecin) et d'accepter le traitement contre son cancer.

ADRIEN BOBIN

Adrien est le plus secret des trois amis, ce que Nina lui reproche souvent. Son père est un homme marié qui a eu une aventure avec sa mère : il ne le voit que rarement et ne l'estime pas. Il est en revanche très proche de sa mère Joséphine, une femme un peu bohème et jeune d'esprit.

Adrien demeure fasciné par Nina tout au long du roman. Elle incarne à ses yeux la perfection féminine. Ses sentiments pour elle ne sont pourtant pas équivoques : il la considère comme une sœur, une alter ego. Avec Etienne, ses rapports sont plus distants et Adrien se montre étonné quand Etienne veut le voir seul à seul. Il n'y a pourtant pas de rivalité entre eux, mais Nina constitue leur trait d'union, sans lequel leurs rapports restent froids. Une fois seulement ils vont se rapprocher, le soir de la disparition de Clotilde, et s'étreindre de manière sensuelle.

Le grand drame d'Adrien est d'être né garçon, car, depuis toujours, il se sent « une fille à l'intérieur » (p. 491). C'est à cause de ce secret douloureux qu'Adrien se montre effacé, discret, peu disert. Ce caractère renfermé fait écho à son physique quelconque, qui contraste avec la grande beauté et la vivacité de ses deux amis. Adrien pense se libérer de son fardeau en écrivant *Blanc d'Espagne*, un roman dans lequel il révèle enfin sa vérité et raconte son enfance et son adolescence. Mais il le signe d'un pseudonyme et garde son secret. Ni le succès éclatant du roman ni celui de ses productions ultérieures (des pièces de théâtre) ne le guérissent de son malêtre. Il a constamment l'impression de se perdre lui-même, ne trouvant sa place nulle part. C'est pourquoi il finit par quitter Paris et sa vie d'auteur brillant, à la mode, pour revenir à La Comelle sous le prénom de Virginie.

Devenu·e pigiste pour le journal local, Adrien/Virginie épie Nina et rêve de retrouver ses deux amis. Très solitaire, il·elle n'a que Louise pour illuminer sa vie monotone. Celle-ci est son unique amour, mais leurs relations sont ambigües parce que Louise exhorte Adrien (Virginie) à faire advenir physiquement celle qu'il·elle est à l'intérieur, ce qu'il·elle refuse obstinément jusqu'à ce que le périple italien et les retrouvailles avec Nina et Etienne le·la fassent changer d'avis.

CLÉS DE LECTURE

UNE STRUCTURE EN ÉVENTAIL

Trois est un roman à la structure complexe. C'est justement cette structure qui en fait tout le sel, car elle fonctionne comme un éventail qui se déploierait lentement, ne laissant au lecteur que des indices qui, progressivement, éclairent le sens de l'histoire. Ce n'est qu'à la fin que l'on saisit pleinement le panorama de l'intrigue et que l'on comprend *le fin mot de l'histoire*. Le suspense est ainsi préservé de bout en bout et la surprise n'en est que plus savoureuse.

Le premier chapitre est daté, à la manière d'un journal intime. Le roman commence d'ailleurs par un récit à la première personne et au présent de narration. On ne sait rien de la narratrice qui inaugure le roman, le 4 décembre 2017, si ce n'est qu'elle connait Nina depuis 31 ans, époque à laquelle elle venait d'arriver à La Comelle. Elle parle d'Adrien, de Nina, d'Etienne, et de leur amitié naissante. Elle se place ainsi en dehors de leur histoire. Elle énonce : « Je m'appelle Virginie. J'ai le même âge qu'eux. Aujourd'hui, des trois, seul Adrien me parle encore » (p. 13). Cet incipit place donc la narratrice de 2017 comme extérieure au trio dont il va être question tout au long du livre.

Le second chapitre est daté du 5 juillet 1987 et le point de vue adopté est celui d'un narrateur omniscient. Autre époque, autre point de vue. Puis le troisième chapitre nous replonge en décembre 2017, un jour seulement après le début, et l'on retrouve la narratrice Virginie. Il en sera ainsi tout au long de l'œuvre : chaque chapitre relatant le passé (parfois daté, mais pas systématiquement) sera raconté à la troisième personne par un narrateur omniscient, tandis que la majorité des chapitres de 2017 seront le fait de la mystérieuse narratrice Virginie, qui raconte sa vie au jour le jour comme dans un journal intime. Son récit en forme de confidence commence le 4 décembre 2017 et s'achève en décembre 2018. Entre chaque journée racontée par Virginie, le lecteur est plongé dans le passé et l'histoire des trois personnages principaux, sur une durée de 31 ans. On découvre ainsi progressivement l'histoire des Trois, de manière parallèle à cette Virginie dont on ignore tout, si ce n'est qu'elle est liée à Louise. Quelques chapitres de 2017 échappent toutefois à cette règle générale et sont racontés soit par un narrateur à la troisième personne, soit du point de vue de Nina ou d'Etienne.

Rien ne laisse supposer que Virginie puisse être celle qui se souvient de l'histoire commune de Nina, Etienne et Adrien. Il faudra attendre que Nina lise *Blanc d'Espagne*, en octobre 2000 (chapitre 69) pour que le lecteur découvre, comme elle, qu'Adrien est une fille « à l'intérieur », et donc que la narratrice Virginie n'est autre que lui. Un indice avait été laissé au début du roman : Adrien avait déclaré aux deux autres que, s'il avait été une fille, il se serait appelé Virginie.

La structure de *Trois* n'est cependant pas totalement symétrique, comme on l'a vu, puisque ce n'est pas toujours le point de vue de Virginie qui est adopté dans les narrations de 2017. Vers la fin, la chronologie n'est plus exactement respectée dans la narration du passé. Par exemple, le chapitre 78 relate des faits de 2003, puis, après un saut en 2017, revient sur l'année 1994 dans le chapitre 80. Mais globalement, le roman avance sur ce schéma, avec des ellipses parfois importantes : on passe ainsi de novembre 2001 (chapitre 77) à janvier 2003 (chapitre 78). Les derniers chapitres se concentrent en outre sur 2017 et 2018 : à partir du 29 décembre 2017 (chapitre 82), sept d'entre eux sont consacrés au présent des personnages à nouveau réunis, pour seulement trois qui reviennent sur le passé et offrent d'importantes révélations. Ces derniers chapitres sont presque exclusivement racontés par la narratrice Virginie.

Comme dans un éventail, on a donc des parties saillantes (2017) et des parties en creux (de 1986 à 2011), qui alternent sur un rythme plutôt homogène tout au long du livre. Cette temporalité cadencée permet le déploiement progressif de l'intrigue et provoque, vers la fin du récit et le moment des révélations, l'éclosion d'un regard neuf sur l'ensemble du roman. Comme ces belles et mystérieuses femmes qui dissimulent leurs traits derrière un éventail délicat au XVIIIe siècle, apparait alors enfin le vrai visage de la narratrice et la résolution de sa quête. On peut par ailleurs noter que le titre du roman d'Adrien, *Blanc d'Espagne*, pourrait constituer un clin d'œil à cet accessoire d'origine espagnole.

LA MISE EN ABYME DE LA QUESTION DU GENRE DANS *TROIS*

L'une des thématiques majeures du roman *Trois* est celle du genre : le mystérieux personnage de Virginie, qui se révèle être aussi Adrien, pose en effet un certain nombre de questions. Adrien révèle se sentir « une fille à l'intérieur » depuis son plus jeune âge, malgré des attributs physiques masculins. Il n'en laisse rien paraitre, mais y pense sans cesse. Une seule fois, il ose porter un accessoire « de fille », une barrette que Nina a laissé tomber par terre dans la classe de CM2. L'instituteur, monsieur Py, surprend ce geste et, à partir de ce moment-là, s'acharne sur Adrien en le harcelant psychologiquement par tous les moyens possibles. La souffrance est telle qu'Adrien finira par tomber gravement malade. Cette expérience traumatique le plonge dans le mutisme et la dissimulation pendant près de trente ans.

Un des aspects intéressants de cette problématique transgénériste est l'absence d'appétence du personnage pour les attributs traditionnellement féminins : « Je ne suis pas attirée par les vêtements féminins, les robes, le maquillage, les talons... » (p. 557), confie Virginie à ses amis pour justifier ses réticences à entamer le processus de transition. Cette donnée permet aussi de rendre compte de la complexité liée aux questions de genre, qui ne se limitent pas à une apparence extérieure.

Le roman expose les tentatives d'Adrien pour sortir du carcan de son identité normée : ses espoirs d'être deviné·e d'abord, puis l'écriture cathartique de son roman

Blanc d'Espagne, qu'il renonce cependant à publier sous son véritable nom. Devenu auteur (romancier et dramaturge) à succès, il·elle se noie de plus en plus dans la dissimulation de sa véritable personnalité, jusqu'à la cérémonie des Molières ; persuadé·e qu'il·elle gagnerait ce prix, il·elle vit très mal cet échec, ce qui l'accule à une remise en cause radicale : « Il fait taire cette douleur immédiatement. Il sait la contrôler. Comme il sait contrôler tout le reste : ce qu'il est. Depuis l'écriture de *Blanc d'Espagne*, son cœur est gelé. Il a cadenassé son identité et jeté la clef » (p. 501). C'est à partir de ce moment qu'Adrien décide de devenir Virginie et de revenir à La Comelle, pour y vivre une existence recluse et solitaire. Le personnage n'arrive pas à assumer qui il·elle est dans le regard des autres et attend passivement que ces derniers percent son secret si bien gardé.

La seule personne qui l'ait deviné·e, dès la première rencontre, est Louise. C'est ce qui explique que ce soit aussi la seule personne avec laquelle Adrien/Virginie soit aussi complice, au point d'entretenir ce qui ressemble à une véritable relation amoureuse. Cependant, la question de la sexualité est totalement évacuée, et on ne saura pas s'ils entretiennent des rapports charnels, bien qu'ils se retrouvent chaque année dans une chambre d'hôtel pour le réveillon de Noël. Louise exhorte Adrien à devenir totalement femme, y compris physiquement, mais il s'y refuse tant qu'il n'a pas retrouvé la complicité de ses deux amis, Nina et Etienne, vers la fin du roman.

La nécessité de pouvoir s'appuyer sur l'approbation de ses deux amis pour devenir vraiment qui elle est constitue la clé de voute de cette thématique. En effet, le titre du roman, *Trois*, n'évoque pas seulement un trio, ni un éphémère groupe de musique constitué par ce trio, mais bien la complexité de la psyché humaine qui peut se définir en triptyque : un pôle masculin, un pôle féminin, et un pôle mixte. Chacun des trois personnages incarne un de ces pôles : Etienne a en effet tous les attributs traditionnellement masculins (force, grande taille, arrogance, qui incarne la Loi par son métier, père, etc.), mais en même temps, « il y a une dichotomie entre son visage et son corps. La carrure d'un sportif grand et musclé, et un visage dont les traits s'apparentent presque à ceux d'une fille » (p. 67), tandis que Nina incarne pour sa part tous les attributs habituellement dévolus aux femmes (gracieuse, artiste, compatissante, fragile, dévouée, etc.). Etienne et Nina n'échappent à la caricature que grâce à Adrien, qui les tempère. Le personnage d'Adrien/Virginie, qui apparait comme le plus réfléchi et le plus calme, incarne évidemment la dualité, mais aussi la complétude des deux sexes. D'une certaine manière, on pourrait dire que ce personnage est la fusion des deux autres, raison pour laquelle il lui est nécessaire de pouvoir s'appuyer sur eux pour entamer sa pleine réalisation.

Le roman présente donc une mise en abyme, à travers les personnages, de la question du genre et postule qu'une personne équilibrée est quelqu'un qui a réussi à intégrer aussi bien son pôle féminin que son pôle masculin, tout en assumant celui qui se révèle le plus fort dans sa psyché.

UN PANÉGYRIQUE DES ANNÉES 1990

Une importante partie du roman est consacrée à l'adolescence et la jeunesse des trois protagonistes principaux, entre leur entrée en CM2, en 1986, et leur séparation en 2000. Ce récit s'accompagne d'une description assez précise de leur environnement pendant cette longue période, ce qui permet à l'auteur de dresser un panégyrique des années 1990. En effet, dans la mesure où ces années sont celles qui voient le trio grandir et s'épanouir ensemble, elles sont présentées comme celles du bonheur.

Les références à la musique qu'ils écoutent, très nombreuses, dressent ainsi un panorama musical assez complet. À plusieurs reprises, les chansons des groupes The Cure (*Lullaby, Charlotte sometimes, Boys don't cry*), Indochine (*Troisième sexe, Tes yeux noirs, La vie est belle*) et Depeche Mode sont évoquées, de même que *With or Without You* de U2 (p. 57) ainsi que quelques titres de chanson française comme *Au bout de mes rêves* de J.J. Goldman (p. 79), une chanson de Lio, *Amoureux solitaires* (p. 178), *Un homme heureux* de William Sheller (p. 285), ou encore *Sous le soleil de Bodega* du groupe Les Négresses vertes (p. 211) et *Mangez-moi* de Billy Ze Kick et les Gamins en folie (p. 289). *Trois* est par ailleurs le titre d'un album du groupe Indochine et le roman est dédié à son chanteur, Nicola Sirkis.

D'autres passages évoquent de manière plus générale le fond sonore qui accompagne la jeunesse des personnages : « Depuis le début de l'après-midi, Etienne tire à la carabine, Adrien et Nina sont collés l'un à l'autre dans la chenille en fredonnant les tubes qui hurlent dans les hautparleurs, *Bouge de là*, *Auteuil Neuilly Passy*, *Black and White*, *À nos actes manqués* » (p. 134) ; « Les autres ont apporté des cassettes de Nirvana, Bruce Springsteen, NTM, La Mano Negra, IAM. Nous reprenons cent fois la chanson de KOD en chœur [...] » (p. 169) ; « Il avait pris soin d'enregistrer leurs morceaux préférés à tous trois. Ceux qu'ils avaient le plus écoutés ces dix dernières années. Tous sans distinction, même ceux qu'il n'aimait pas. A-ha *The Sun Always Shine on TV*, Cock Robin *The Promise You Made*, Etienne Daho *Le Grand Sommeil*, INXS *Need You Tonight*, Mylène Farmer *Ainsi soit je*, The Christians *Words*, Nirvana *Smells Like Teen Spirit*, Depeche Mode *I Feel You*, The Cure *Charlotte Sometimes*, David Bowie *Rebel Rebel*, Indochine *Un jour dans notre vie*, 2 Unlimited *Let the Beat Control Your Body*... un mélange improbable qui au fond leur ressemblait » (p. 324).

Cette bande musicale très présente s'ajoute à d'autres éléments contextuels qui (re)plongent le lecteur dans l'ambiance de ces années 1990, comme quelques références médiatiques. Ainsi sont évoqués le dessin animé *Candy* (p. 224), les séries *Navarro* et *Commissaire Moulin* (p. 154), les films *Camille Claudel* (p. 225) et *L'Exorciste* (p. 156), l'émission « Un siècle d'écrivains » présentée par Bernard Rapp sur France 3 (p. 306), ou encore l'émission de radio « Lovin'Fun » présentée par l'animateur Doc (p. 143). La chute du mur de Berlin, qui donne lieu à une véritable fête dans la classe du professeur d'allemand, les consoles Sega, les synthétiseurs qui font la joie d'Adrien et Etienne, les livres comme *Le Parfum* de Süskind ou *Belle du Seigneur* d'Albert Cohen (bestsellers de cette époque), forment une trame de fond qui fait revivre tout l'environnement de celles et ceux qui étaient jeunes durant cette période. Les années 1993 et 1994 sont particulièrement documentées : « On parle du sida, de la faim dans le monde, des trous à faire dans les jeans, des grunges, du conflit israélo-palestinien, de la série *Beverly Hills*. Les filles veulent ressembler à Madonna ou Mylène Farmer et lisent Verlaine, les garçons à Kurt Cobain ou Bono et admirent Jim Courier et Youri Djorkaeff à la télé » (p. 144).

À partir de l'année 1995, le soin apporté à la contextualisation est progressivement moins précis. On apprend qu'Adrien aime la musique électro, mais ses gouts précis ne sont pas détaillés. Il en va de même pour Etienne qui préfère le rock alternatif sans que des noms de groupe soient cités. Les références médiatiques et sociologiques se font plus rares, comme si le fait que les amis s'éloignent peu à peu assourdissait leur environnement et le rendait opaque, peu perceptible. C'est donc dans l'unité de leur amitié que le monde apparait riche, vivant, plein de découvertes et d'engouements. Les années 1990 figurent ainsi une période idyllique dont la représentation est magnifiée.

PISTES DE RÉFLEXION

QUELQUES QUESTIONS
POUR APPROFONDIR SA RÉFLEXION...

- Comment expliquez-vous le déchainement de fureur qui pousse Adrien à frapper violemment Monsieur Py ? Est-ce seulement parce qu'il a été son souffre-douleur ?

- Selon vous, pourquoi le grand-père de Nina a-t-il refusé de laisser sa femme Odile se faire soigner pour son cancer ? Quelles ont été les répercussions de cette décision ?

- Le thème de la parentalité parcourt le roman de manière transversale. À travers les personnages maternels de Marion Beau, Marie-Laure Beaulieu, et Joséphine, puis les personnages paternels de Marc Beaulieu, Sylvain Bobin et Pierre Beau, quelle image nuancée de la parentalité se dégage-t-elle de l'œuvre ?

- Analysez le personnage d'Emmanuel Dammane pour faire son portrait, en mettant l'accent sur les indices de sa personnalité toxique.

- Comment Valérie Perrin utilise-t-elle les prolepses et les analepses pour ménager le suspense ?

- À travers l'analyse du discours des trois personnages principaux, distinguez les différences stylistiques qui caractérisent chacun d'eux.

- Quelle métaphore se distille-t-elle par l'entremise du refuge pour animaux dont s'occupe Nina ?

- Quelles sont les différentes intrigues secondaires en-châssées dans le récit principal ?

POUR ALLER PLUS LOIN

ÉDITION DE RÉFÉRENCE

- Perrin V., *Trois*, Paris, Albin Michel, 2021, 664 pages.

SOURCES COMPLÉMENTAIRES

- Dumas A., *Les Trois Mousquetaires*, Paris, Le Livre de Poche, coll. « Classiques », 2011, 888 p. (sur le thème de l'amitié dans un trio)

- Vigan, D. de, *Les loyautés*, Paris, Jean-Claude Lattès, 2018, 208 p. (sur la parentalité défaillante)

- Williamson L., *Normal(e)*, traduit par Mathilde Tamae-Bouhon, Paris, Hachette Jeunesse, 2021, 384 p. (sur la question de la transidentité)

Votre avis nous intéresse !
Laissez un commentaire sur le site de votre librairie en ligne
et partagez vos coups de cœur sur les réseaux sociaux !

lePetitLittéraire.fr

- un résumé complet de l'intrigue ;
- une étude des personnages principaux ;
- une analyse des thématiques principales ;
- une dizaine de pistes de réflexion.

**Retrouvez
notre offre complète sur**
lePetitLittéraire.fr

L'éditeur veille à la fiabilité des informations publiées, lesquelles ne pourraient toutefois engager sa responsabilité.

www.lepetitlitteraire.fr

ISBN version numérique : 9782808025737
ISBN version papier : 9782808025744
Dépôt légal : D/2021/12603/127

Conception numérique : Primento,
le partenaire numérique des éditeurs.